찻잔에 고인 하늘

삶과문학 시인선 · 01

찻잔에 고인 하늘

안재진 시집

우리책

찻잔에 고인 하늘

초판1쇄 · 2010년 10월 20일
초판2쇄 · 2013년 9월 30일

지은이 · 안재진
대 표 · 김남석
펴낸이 · 김정옥
발행처 · 우리책
등록 · 2002년 10월 7일(제2~36119호)

주소 · 서울시 강남구 일원동 640-4
전화 · 02-757-6711
전송 · 02-775-8043

ⓒ 안재진

ISBN 978-89-90392-49-7   03810

그곳에 가면 나무처럼 사는 친구가 있다. 산골 깊숙한 마을에 칩거하면서 바람이 불면 흔들리는 흉내를 내다가 잦아지면 언제 그랬느냐는 듯 하늘과 땅과 숲들과 어울려 풍류를 즐기는 그런 삶이다. 눈비가 내리면 묵묵히 젖어있고, 햇볕이 두터우면 꽃처럼 활짝 웃다가 된서리가 내리면 나뭇잎이 떨어지듯 마음을 비우고 우주 밖의 우주를 읽는 자세로 이치를 묵언하는 그런 자세가 나무를 닮았다는 것이다.

어느 한가한 날, 그는 느닷없이 하늘과 땅, 바람과 계절, 산과 바다와 들녘과 시냇물이 더 할 수 없는 지고의 예술인데 어쩌자고 시를 쓰고 그림을 그린다며 가슴앓이를 하는지 모를 일이라 했다. 물론 나를 향해 꼬집어 한 말은 아니다. 몇몇 사람이 모여 이런저런 잡담을 나누다 불쑥 뱉은 말이었다.

지극히 당연한 말이었다. 그날 이후로 나는 한동안 글을 쓸 수 없었으며 오늘까지도 울림처럼 귓전을 맴도는 충격에 젖어있다. 마치 마술사의 손끝에서 이상한 변화가 풀어지듯 세상을 속이고 자연과 우주를 희롱하며 살았다는 깊은 자괴감 때문이었다.

그러나 지금까지 살아온 습성 때문인지 차마 온전히 가슴을 털지 못하고 낙서처럼 적어 둔 낡은 수첩을 뒤적이다 눈에 뜨인 것들을 정리한 것이 있었다. 그러다 보니 그놈의 허상에서 헤어나지 못하고 이렇듯 또 한 번 나를 괴롭히며 부끄럽게 책으로 엮는 우매를 범하는지 모르겠다.

2010년 늦가을에
안재진

찻잔에 고인 하늘

차례

시인의 말　5

제1부

그대여 · 15
방 안에 산 하나 들여놓고 · 16
거울을 보노라면 · 17
그래도 할 말이 남아 · 18
골목길 · 20
들녘의 소리 · 21
너와 나의 빈틈 · 24
내 길 하나 열었으면 · 26
가장 낮은 곳으로 · 28
침묵의 언어 · 30
송포역 · 32
소주를 마시며 · 33
사람은 아픈 것이다 · 36
산길을 걷다 · 37

제2부

길이 없어도 별은 빛나고 · 41

오월에 · 42

회상 · 43

먼 이야기 · 44

갯마을 풍경 · 45

오늘 밤은 · 46

등나무 · 47

허무 · 1 · 48

허무 · 2 · 49

찻잔에 고인 하늘 · 50

우리들의 길바닥 · 51

외딴집 · 52

아무도 모른다 · 53

사람이 흐른다 · 54

산골 마을 골목길 · 56

제3부

창세의 침묵 · 59

하늘을 마신다 · 60

저녁바다 · 62

운명 · 63

연꽃과 나비 · 64

안개는 걷히지 않는다 · 65

산다는 건 · 66

부활의 빛이여 · 68

바람이 되었다 · 70

들판을 거닐면서 · 72

서울역 · 74

뒷골목 · 75

노귀재 단풍 · 76

내 마음 산등에 기대어 · 77

나는 가을이 되어 있었다 · 78

제4부

뒷모습 · 83

길은 어디에도 있다 · 84

봉숭아 · 86

벚꽃 · 87

꽃밭 · 88

민들레 · 89

구룡산 이팝꽃 · 90

개나리 · 92

작약꽃 · 93

시를 쓴다는 게 · 94

겨울 들녘에서 · 95

가을 변주 · 96

겨울밤 · 97

눈 내린 아침 · 98

어느 겨울날의 묵상 · 100

독도는 · 102

제5부

그 바닷가 · 107

그날처럼 보이는 게 없다 · 108

하늘 구멍 · 110

내 안의 눈물 같은 · 111

까치집 · 112

공사장 식당 풍경 · 114

벚꽃 길에서 · 116

봄을 기다리며 · 117

신발 닦는 청년 · 118

타인의 옷 · 120

담쟁이 · 122

산마을에 아침이 열리다 · 124

목각인형 · 126

우물 속에서 울리는 소리 · 128

나뭇잎은 그 길을 알아 · 130

해설: 삶의 명상과 정신적 깊이 · 131

1부

그대여

내 마음 풀잎이
고운 단풍으로 산허리를 덮는다
언뜻 눈물이 번지는
잊혀진 계절이 어른거리고
조바심으로 숨죽인 가난한 속삭임이
불꽃으로 타오른다
그대여
역 마당엔 불빛이 흐리고
잎새 지는 자국마다 그리움 심고 있는
붉은 약속은
먼 기적 소리로 하늘에 매달리니
우리, 거동사 옆 외딴집 찾아
철 늦은 산채밥이나 얻어먹을까

방 안에 산 하나 들여놓고

살면서 허기를 느낄 때
가끔 산이 되고 싶어
작은 방에
산 하나 들여 놓는다
비가 와도 넘치지 않고
바람이 불어도 흔들리지 않는
영원의 끝자락에서 전해오는 체온,
그 숨결이
질기게 부여잡는 세상에서
육신의 허물을
먼 시공 밖으로 몰아내고
부끄럼 없이 하늘을 열어
골짜기마다, 산자락마다
죽어간 모든 것까지 일으켜 세워
세상 밖 고운 집을 짓는
나만의 꿈을 엮는다

거울을 보노라면

거울을 보면
내 얼굴은
내 얼굴이 아니다

풋감이 여름을 거치면서
누런 감으로 변신하듯
항상 껍질을 벗기며
제멋대로 발광하는
카멜레온의 얼굴이다

거울을 보노라면
보이는 것만 보일 뿐
마음은 보이지 않는다

씨앗에서 열매에 이르는 길처럼
벗어날 수 없는 금단의 율법 앞에
내 길이 따로 있는 듯 요망한 금을 그어놓고
날개를 폈다 접은
두 마음의 탈이 보인다

그래도 할 말이 남아

종소리가 새벽을 깨우는
산사의 여름
처마 끝에 맴돌던
바람 소리는 떠나고
희부윰한 실안개가
퍼덕이는 잎새를 휘감고 있는 곳
새 한 마리 목 놓아
핏빛 속마음을 풀어낸다

아직도 할 말이 남았는지

길거리를 떠돌던 더러운 분노는
날이 다하면 어둠이 삼켜버리고
산 밖으로 달려나간 종소리는
허공에 처박혀 홀로 무너지는 것을
눈 뜨고도 볼 수 없는 세상에
사람 사는 게 어디 별것이더냐

그래도 할 말이 남아

아직 어둠이 가시지 않는,
오래도록 눈 감아 온
산사의 정적을 털어내고
또다시
눈먼 들길을 찾아 나서는
가슴 없는 발걸음

골목길

어둠이 밀려온다

빗줄기로 흐느적거리던 발길이
어둠 속으로
땅속으로
서서히 스며들고
모든 것들이 돌아선 그 길에
눈먼 사람으로 서 있다

가슴 속 품었던 그리움을
차마 내려놓을 수 없는
그대 빈집에는
여전히 문고리가 걸려있고

빗소리는 온몸을 감아
먼 땅끝으로 끌고 간다

들녘의 소리

집 앞 들녘에서
먼 징소리 같은
바람 소리를 듣는다

세월은 밀려왔다
흩어지고

흙을 파먹다
흙 귀신이 된
상처 난 맨발들은
지신놀이를 한다

아직도 밟을 게 있는지
밟다가 뭉개진
발가락이 떨어져
하나 둘
오선지 음표가 된다

나물 먹고 물 마시고

팔을 베고 잠을 자도 …

목청을 돋울수록
울컥 쏟아지는
천 년 전의 기근

언제나 창은 닫히고
두 손을 비비며
죽은 듯 엎드려

아비가 먹고
아들이 먹고
아들의 아들이 먹은
풀뿌리 긴 그림자

그 그림자를 밟고
유령처럼 나타나
알곡을 칼질하던 검은 손
그들의 이빨 사이로 번진

선지피

빼앗긴 것은
갈가리 찢겨진 아비와 아들의
영혼이었다

그러면서도
춤을 추라고 한다
노래를 부르라 한다

지문처럼 지워질 수 없는
우리의 들녘엔 언제나
부황병을 앓고 있는
아랫마을 고지기처럼
누런 벼 이삭이
고개를 숙이고 있다

너와 나의 빈틈

완귀정(玩龜亭) 빈 뜰
깊게 깊게 감추어 둔
해를 캐는 소리가 들린다

물소리가 새벽을 깨우듯
연둣빛 어린싹이
육중한 땅덩이를 들어 올리고
용마루보다 더 높은 느티나무 꼭대기엔
푸른 입김이 감도는데
상처를 땜질하여
새것처럼 눈 가리고 선
완귀정 늙은 기둥은
한쪽이 곪아가면서도
여전히 옛 영광을 손짓하니
너와 나의 허기진 빈틈은 좁혀지지 않는다

틈마다 매캐한 최루가스와
지루한 화염병 폭발소리가
녹지 않는 차가운 근심으로 박혀

하늘을 울리고 있다

세월은 볼 수 없어도
어디론가 오면서 떠나고
빈자리엔 참았던 것들이 일어나
낮달이 구름을 끌고 가듯
우주로 길게 길이 이어지는데
나는 봄이 오는 뜰에서
어쩌지 못하는 피 냄새를 맡고 있다

내 길 하나 열었으면

날개 없이 태어난
새의 아픔은
아무도 모른다
철새도 텃새도 아닌 게
마른 길섶에 떨어져
고개 돌릴 자리는 처음부터 없었고
아무리 발버둥 쳐도
어느 한 곳 물러설 곳 없는
배반의 땅

세상 밖 몰린 자 어디
너 하나뿐이랴
사시사철 삼백예순 날
뜨고 지는 햇살에도
존재가 무너지는
칼날이 있었고
길 없이 불어오는 바람도
천 년을 울어 풀지 못할
원혼의 업연이 있으니

빈 가슴 뒤집어
빛은 빛으로 이어지고
물길은 물길로 이어지듯
아무도 소유할 수 없는
푸른 하늘에
내 길 하나 터놓고
꽃나무 가득 심었으면

가장 낮은 곳으로

나이 찰 만큼 되고 보니
길이 없어 보인다
더듬거리며 걸어온 발자국이
상처처럼 들쑤시고
우수수 떨어진 세월이
가을걷이 끝난 낱알처럼 어지럽지만
새 한 마리 날아들지 않는
막막한 들판
가슴 쓸어내리는
피곤한 햇살이 졸고 있다

어둠은 그리 먼 곳에 있지 않았다
강물이 머리를 처박던 하구엔
갈잎 소리만 을씨년스럽고
고향 가는 길목은
흐린 안갯속에 묻혀
비집고 들어갈 가슴이 없다

문득 섬광처럼 번쩍이는 오한

한 뼘, 그보다 더 좁은 자리에
몸과 영혼과 그림자가 하나 되어
가장 낮은 곳으로 고개를 돌린다

가까이 푸른 바다가 보인다

침묵의 언어

달빛마저 숨죽인 어둠 속
다시 돌이킬 수 없는
먼 먼 뒤안길에
구겨진 원고지처럼 제멋대로 버려진
묵정밭 아린 상처가
강물로 이어지고

물살이 힘줄을 뻗을 때
흔들리는 갈댓잎에 매달려
세상을 다 가진 오만한 새처럼
개떡같은 세상을 측은한 눈짓으로 응시하며
하늘을 속인 시인의 언어가
홀로 밤을 새운 세월이 보인다

문득, 산 넘어 씨앗을 넣고 열매를 가꾸며
들녘을 품고 사는 친구를 생각한다
산이 그림이고 강물이 노래인데
사람의 머리에 무슨 시가 있느냐고
느린 호흡으로 하늘을 끌어 마시는

여유가 어른거리며

해는 뜨고 지고
바람은 어제처럼 흔들어
꽃은 피고 지는데
허명으로 세상을 그르친 죄상이
수파로 일렁인다

송포역

나지막한 야산 아래
실눈처럼 굽어 도는 곳
거기 꿈이 있었다

만나고 떠나는 옷자락엔
땀 냄새가 찌들어도
환하게 웃으며, 때로는 눈물 훔치며
사람 사는 진동이 있었는데

이젠 아무것도 없다
인적은 끊어지고
기차는 경적마저 울리지 않고
그냥 지나치는 곳

다만 바람 빠진 역사(驛舍)만이
눈빛 선한 소녀를 쫓아가던
내 유년의 빈터로 남아
먼 길 돌아 지금 내가 서 있다

소주를 마시며

이제 아무도 없다

막내가 짐을 챙겨
먼 땅으로 떠난 날 밤
가을걷이 끝난
빈 들 허수아비가 되어
오랜만에, 참으로 오랜만에
가슴을 풀어헤치고
소주를 마신다

살아오면서 억지로 가둬 둔
침묵의 언어가
구천을 떠도는 영가(靈駕)처럼
서럽게 서럽게 눈을 뜨고
술잔 가득 고인다

풀 한 포기 자랄 수 없는
막막한 사막

어느 여행객이 먹다 버린
폐품같은 무용물(無用物)에
바늘귀를 뚫어
사람 사는 광장으로 걸어가라는
천부(天賦) 앞에
휑히 뚫린 가슴 바람이 스산하다

거리에는 언제나 피가 들끓었고
어쩌다 이름표 하나로
광분의 거리를 숨어다니며
남의 눈을 속이는 들고양이처럼
비굴한 내 피를 섞어
잠시 갈증을 축이던
내 시대의 비밀이
목젖을 비틀고 올라온다

산다는 세월이 너무 무거웠다
한 삼십 년쯤 허적이면
절망이나 아픔 같은 건

산 길 걷다 풀어낸 휘파람 소리로
숲 속 어딘가 버리면 될 텐데
그놈의 천부 때문에
덤으로 부풀린 세월을
그냥 목을 비틀고 싶은 회의를
울컥울컥 토하던 잔영이 그려진다.

이제 더는 숨 막힐 일이 없다
심장에 매달려 뜨겁게 꿈을 엮던
푸른 새
힘찬 날갯짓으로 창공을 얻었으니
나의 문은 닫히고
나를 태운 잿더미를 묻으며
강 건너 마을을 본다

어느 누구도 다녀 온 일이 없는
길 없는 세계와
은근히 연통하며 혼자
소주를 마신다

사람은 아픈 것이다

세상에
태어나고 죽는 일에
아프지 않은 사람이 어디 있던가

세상에
커가면서 얻고자 하는 일에
아프지 않은 사람이 어디 있던가

이렇듯 가슴으로 고뇌하며
몸으로 부딪쳤기에
사람은 언제나 아픈 것이다

산길을 걷다

산을 넘고
산을 비켜서니
또 산이 가로막는다

막혀서도 걸어가야 하는
산마을 비탈밭엔
산 능금이 발갛게 익어있다

절룩이면서도 걸어야 하는
이브의 유혹

뭔가 부끄럼이 있었던지
어둠이 다가와 슬며시 눈을 감게 한다

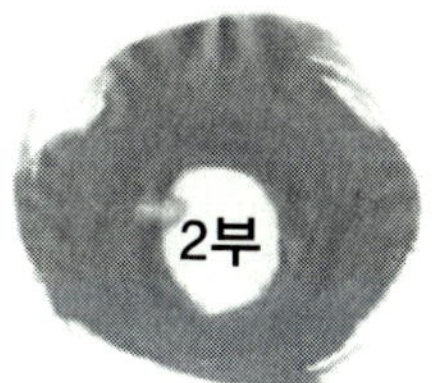
2부

길이 없어도 별은 빛나고

하늘엔 길이 없어도
해는 뜨고 기울어 별이 빛나고
바다엔 길이 없어도
고기는 물살을 헤집어 제 길을 간다

나는 어디에 있는가
사람과 사람 사이
벌거벗은 알몸들이 쏟아놓은
피 냄새로 맞춰놓은
그 길에서

날마다
하늘을 그리워하며
바람에 구름이 떠다니듯
바다를 향해
동강 난 북채로 허공을 두드린다

오월에

나른한 햇살이 내려앉는
수묵의 계절
물오른 가지마다 허공을 흔들어
잎새는 살찌고
작은 가지 틈새로
새들은 날아들어
자유를 노래한다

닫히고 묶인 세월에 슬며시
그대 창이 열리듯
은밀하게 지층을 들썩이며
환한 얼굴들이
한꺼번에 일어서니
차마 눈을 뜰 수 없는 황홀감으로
세상 밖 세상에 내가 서 있다

회상

강둑에 앉으면

바람 소리 묻어나는

억새꽃 하아얀 떨림이 만져지고

내 가슴속엔

잃어버린 것들이 눈을 떠

먼 고향 땅 가난한 틈새를 비집고

고운 얼굴이 걸어 나온다

먼 이야기

강물이 소리 내어 우는 밤이면
복사꽃 붉은 마음
떠나지 않는 먼 이야기가
가슴 가득 물결을 이룬다

갯마을 풍경

붉은 마음 풀어놓은
갯마을 먼 수평선

풍랑 일어 비 오는 날
부엉이 밤새 울고

늙은 어미 젖은 눈엔
통통배가 떠다닌다

오늘 밤은

엊그제 고향 집을 다녀왔다

몰래 그림자를 밟고 따라온 매실이
노랗게 익어있고
술 향기는 방안 가득 고였다

뒤뜰 숨어 핀 장미처럼
담장 넘어 훔쳐 본 그때 소녀가
달빛처럼 웃으며 걸어 나오고
산비둘기는 목 놓아 가슴을 뜯는다

오늘 밤은 오래도록 잠을 설칠 것 같다

등나무

뿔뿔이 달아나려는
산맥을 끌어안고

고여서 아파하는
물길을 트고 있다

온몸 뒤틀어
흩어짐 막고 막힌 곳 뚫느라

굽은 몸 상처 딛고
꽃으로 핀 비밀이여

허무·1

숨 막힐 듯 늘어선 집들 사이로
서서히 어둠은 젖어들고

어제처럼 찾아든
남의 땅 모서리에서 나는,
숨어있는 정의 앞에
목을 내민다

불현듯 조여드는
마른 들꽃의 기억처럼
수상한 침묵이 수런거리며
안으로 안으로 스며들고

드디어 온몸이 조여들어
삐꺽거리는 계단을 지나
살아있는 무덤 속에 갇히며
어느 누구도 사랑할 수 없는
슬픈 노래를 부른다

허무·2

도시에도 달은 뜨고 있었다

빌딩 숲을 발아래 깔고
비스듬히 누워있는
귀 먹은 허무

숲이 헐리고
새들이 떠나고
물 한 그릇 떠놓고
두 손 모아 꿈을 쫓던
골목 안 사람들은 오래 전에 돌아앉았다

달은 할 일이 없어
더는 눈 맞출 사람이 없이
그냥 떠있을 뿐이다

찻잔에 고인 하늘

야윈 바람이 마른 풀밭을 헤매는
빈 집 툇마루에 앉아
꿈을 꾸듯 귀를 씻고
속 깊은 곳을 들여다 본다

나뭇잎은 물기를 털고
바쁘게 허공을 흔들고
먼 산마루는 한 무리 새들이
어디론가 길을 떠난다

세상 이치가 그럴지니
흩어져서도 하나이고
하나이면서도 낱 것일진대
머문 곳이 어디며
머물 곳은 또 어디런가
문득 생각한 듯 눈을 돌리니
반쯤 마신 찻잔에
파아란 하늘이 가득 고여 있다

우리들의 길바닥

오두막 집 창가에 앉아
밖을 내다본다
무엇 하나 보이지 않는
캄캄한 침묵이다

어둠이 잡아먹은
낯익은 것들을 떠올리며
먼 하늘 푸름은 그릴 수 있어도
내밀한 얘기는 들을 수 없는
삭막한 숨소리만
잠시 고개를 내밀다
거품처럼 사그라진다

우리의 길바닥엔 이제
아무것도 없다
천 년 후에나 있음 직한
붉은 광기가 출렁거리며
멀리 나를 밀어낸다

외딴집

거뭇거뭇 어둠이 내려앉은
비탈길 외딴집
새처럼 주저앉아
닿지 않는 하늘을 마주 보며
그리움을 풀어낸다

세상에 슬픈 일은
사랑할 사람이 없는 것이다

그보다 더 슬픈 일은
뜨겁게 사랑하면서도
돌아선 뒷모습을 보는 일이다

바람 소리마저 잦아든
빈 가슴 외딴집은
어둠 속 깊이 묻혀
그리움만 풀어낸다

아무도 모른다

세상 만상이 움직인다 믿지만
움쭉 하지 않는 걸
아무도 모른다
끝없이 밀려온 파도가
스스로 바스러지며
언제나 그 자리에 머무는 것처럼
온몸이 찢어지고
영혼이 풍화되어도
어제 밟은 광야에
외롭게 서 있는 게 사람인데
죽어가면서도
헛손질을 하며
자신이 가둬놓은
무한의 아픔을
아무도 믿으려 하지 않는다

사람이 흐른다

강물은 흐른다고 했다
강물 속에 잠긴 하늘이, 구름이
따라 흐른다고 했다
계절도 흐르고 물소리도 흐르고
세월도 흐른다 했다
머릿속 이지러진 갈증
흘러가노라면 푸른 하늘이 열린다는
참말 같은 유혹에
밟혀도 아픔을 삼키며
믿음으로 엉키어 흐른다는 것일까
하지만 흐르는 건
아무것도 없었다
흐르는 건 사람이었다
하늘도 구름도 그 자리에 있었고
세월도 그 자리에 머물러
꽃 피면 새들은 노래했고
바람 불면 이파리는 붉었다
다만, 안으로 쌓을 수 없는
사람의 허탈이

강물을 세월을 흐르게 했고
그는 죽어가면서도
흐르는 줄 몰랐다

산골 마을 골목길

슬며시 사립문이 닫히고 있다

카랑카랑한 목소리는 날개를 털고

늦가을 햇살처럼 잘게 부서지는
발걸음 소리가 고요히 숨을 쉬는

아직도 기다리는 사람은 보이지 않고

동구 밖
먼 길 더듬어 어둠에 쌓이는
어머니의 흐린 눈자위

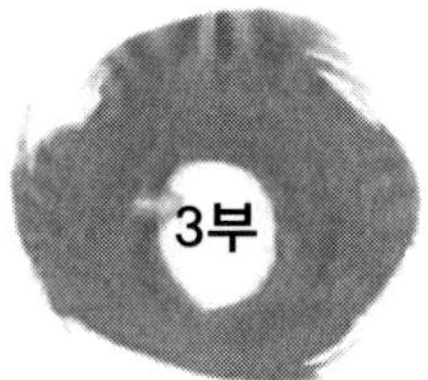
3부

창세의 침묵

산 마을 해거름은 무척 짧다
검은 너울이 성큼성큼 밀려와
작은 집들을 집어삼키고
상달 흔들리는 바람은
한 점 외롭게 비치는 불빛마저
싸늘하게 가라앉힌다
가끔 잡목 숲을 울리던
어린 강아지는
지난여름 산짐승이 물어가고
늙은 부부가 내뱉는 잔기침만
간신히 생명을 느낄 뿐이다

사립문을 밀친다
집안에는 창세의 침묵이
하늘을 받들고 있다
이 밤이 지나면 이젠
에덴의 불륜이 없는
죄의 기원이 사면되는
또다른 창세가 열리려나

하늘을 마신다

빈 뜰에 앉아
먼 들녘을 바라보노라니
반쯤 마신 찻잔에
쪽빛 하늘이 가득 고인다

하늘과 들판은 한몸이 되고
밤에는 보이지 않던
가슴 설레는 꿈이
느릅나무 잎새로 나부낀다

길은 언제나 세상 밖으로
흐리게 이어져 있었고
멈출 수 없는 미친 그리움은
더욱 길게 목을 내밀어
막연한 발자국을 따라
어느 누구도 건너지 못하는
검은 하늘을 맴돈다

어제처럼 그 자리에 선

가슴 없는 나무
오늘은, 닳아 문드러진
작은 숨소리마저 죽이며
가을이 뒤집혀 뱉어놓은
낟알을 주워
내 잊고 넘긴 새벽을 깨우니

어느 사이 바람은 멎어
사람 사는 도시의 문이 열리고
내게 울던 울음을 지우며
찻잔에 가득 넘치는
하늘을 마신다

저녁바다

먼바다 끝이
하늘에 닿아있다

물비늘이 파닥이는 수면은
해를 삼키고
어둠을 불러들여
살아있는 모든 것을 거둔다

나는 돌아앉아 가슴을 다독여
파도소리를 쓸어 담지만
왠지 얼굴은 잃고 있었다

먼바다 끝자락엔
내 것이라 믿었던 모든 것이
작은 실핏줄로 너울을 타고 있다

운명

어쩌다 남편을 잃고
퉁퉁 부은 눈두덩을 가리며
그녀가 다녀갔다

기쁨이거나 슬픔이거나
인생은 결국 눈물인 것을

저기, 피할 수 없는
죽음으로 가는 길이
기다리고 있으니까
울어야 할 일은 없다

연꽃과 나비

바람 한 점 스미지 않는
숨 막힌 진흙밭에 뿌리를 박고
천상의 말씀을 간직하며
황홀한 은총으로 피어난 연꽃

세상눈이 부끄러워
몰래 나무 등걸에 숨어
몇 번이나 자기 몸을 찢고는
아름다운 이름으로 거듭난 나비

나는, 살아가면서
사랑하면서
먼 꿈을 좇으면서
한 번도 연꽃과 나비의 속울음을
가슴 풀어 담지 못했다

안개는 걷히지 않는다

삶에서 죽음까지 내 뜻이 아니듯
뜻 없이 걷다가
소양강 물길이 내려다보이는
언덕바지에 이르렀다.

안개 자욱한 원초의 시공에
인간이 무엇인지 모르는
상처 난 영혼들이
길 하나 찾기 위해
어둠 속에 바둥거리니
시린 눈이 어지럽다

세상을 볼 수 없는 나도,
흐느끼듯 밀려드는
은밀한 인간들의 공모에 눌려
절뚝거리며 강안을 따라나서지만
안개는 좀처럼 걷히지 않는다

산다는 건

봄날
푸른 하늘로 깨어나
늦가을
검은 사막으로 무너지는
풀 포기처럼

살과 뼈가 허물어지고
영혼마저 털리어
작은 흔적조차 지워질
막막한 깊이를 걸어가는
우주의 유랑

잠시 허리를 펴
초록이 녹아있는 풀밭에
순간순간 잃어버린 기억을
일으켜 세우려 해도
늘 할 말은 잊어버리고

언제나 닫혀있는 꿈

달을 따라 눈을 비벼도
눈물로 고여 있는
알 수 없는 허공의 비밀에
차라리 눈을 감는다

부활의 빛이여

남쪽 먼 포구를 밟아 온 바람이
광장 가득히 스멀거린다
긴 겨울 물기를 털어 낸 나뭇가지가
더는 깊은 잠에 빠질 수 없나 보다
라일락 마디마다 조심스레
눈을 뜨며 누군가를 부르고 있다

어딘가 오래 기다린 응답이 있었다
광야는 부풀어 눈시울이 뜨겁고
풀잎들은 일제히
감춰 둔 귓속말을 풀어놓으며
두터운 이름을 쓸어내는
거룩한 부활의 빛이었다

태양은 멈추거나 역순하지 않아
어두운 창에도 불빛이 스며든다
차가운 얼음 밑에도 강물은 흐르고
태풍이 휩쓸어도 풀잎은 숨을 쉬는데
벽을 쌓고 빗장을 지른다고

봄이 오는 소리를 듣지 못하랴

살아있는 자는 춤을 추게 하라
어둠에 갇힌 병든 가슴
짓눌리고 빼앗기며
앉은 자리에서 시들어 가는
모든 생명이 광장으로 뛰어나와
이 봄 부활의 빛을 누리게 하라

바람이 되었다

바람 소리를 듣다가 바람이 되었다
먼 극지 빙판을 맴돌다 일어선 바람은
시베리아 자작 숲을 거슬러
백두산 두만강을 더듬고, 다시
인적 뜸한 삼팔선
날짐승도 머뭇거리는 지뢰밭에
검은 피를 뚝뚝 흘리곤
불빛 현란한 도심을 휘젓다
내 발밑에 자리를 잡았다

바람은 우주를 한 허리로 휘감아
물기를 거두어들이고 햇빛을 불러 모아
지층마다 숨구멍을 틔우고
푸른 입김으로 사람 가슴을 흔들어
강마을 미루나무처럼
모든 걸 트이게 하여
저마다 뜨거운 꿈을 안기고는
소리만 남기고 떠나니

시간이 계절을 끌고 다니듯
바람은 머물지 않았고, 멀어지는
바람을 따라나설 수 없어
바람이 일으켜 세운 풀밭에 주저앉아
내가 바람이 되기로 한다

들판을 거닐면서

어느 날
가을이 고개를 숙이는
들판을 거닐면서
문득
내 땅이 없다는 걸 알았다
대낮을 흔드는 취객처럼
거친 호흡을 내쉬며
땅끝을 휘젓는 발길에
먼 수평선 너머로
배는 떠나고
돌아오지 않는 그리움으로
해안 언덕을 지키는
야윈 해국(海菊)으로 주저앉은 사이
내 땅은 홀연히 자취를 감추었다
꿈을 쫓아 막연히 집을 나설 때는
그림자처럼 따라붙었고
쓰라린 골목길에 주저앉으면
함께 눈물을 흘렸고
입술 붉은 여인의 치맛자락을 뒤질 때도

옆에 누워 심장을 펄떡이던
그 넓은 벌판이 보이지 않는다
이제, 가을이 저물어 가면
바람이 깨어있는 모든 것을 거두어 가듯
꿈을 깬 헛것을 가슴에 잠재우고
나 하늘로 가리라
가서 도둑맞은 내 땅
푸른 자락을 갈아엎어
내가 땅이 되리라

서울역

바람처럼 흩어지는 발자국 소리
모두 어디론가 떠나고 있다

안갯속 푸른 꿈이 낱낱이 일어서는
세상 밖 계절을 찾아
부푼 기적소리를 울리며
그 땅을 찾으러 떠난다

떠난 자리에는
별빛이 어둠을 몰아오듯
꽃무리가 봄날을 안고 오듯
모두 또 그렇게 찾아들어
허기진 마음을 풀어놓는다

발자국 소리가 끊이지 않아 좋은 곳
자국마다 쌓이는 꿈의 현실이
가을처럼 익어가는
분주한 서울역에서
나는 나를 본다

뒷골목

행복을 등진 사람은
희망을 의논하고
웃음 잃은 사람은
기쁨을 갈망하고
자유가 유린된 사람은
평등을 찾으려 한다
뒷골목에는 언제나
이런 사람들이 모여
하늘을 우러러 가슴을 쥐어짜지만
그곳에는 해가 뜬 그날의 어둠처럼
촘촘히 짜인 그물뿐이다

노귀재 단풍

부끄러움
풀어내고
가진 것
내려놓고
붉은 웃음 넉넉하게
돌아서는
어머니, 어머니

내 마음 산등에 기대어

가을비 젖어드는 해거름
산은 여전히 침묵하고 있다
그 누구의 눈빛에도
속내를 드러내지 않는 가슴
전설 속에 숨기듯 농무로 가리고
가끔 가늘게 어깨를 흔들어
우수수 잎새를 털어낸다
적막 속의 격정이던가
깨어날 때부터 그렇게 숨죽이며
아프게 생명을 키우고
때가 되면 또 어둠으로 밀어내는
거룩한 윤회의 진리
그 본능이
종소리처럼 울렸다 풀어지는
먼 전생의 소리를 기억하며
산은 나를 바라보고
내 마음은 산등에 기대어
나뭇잎은 떨어지고,
떨어지면서 웃는다

나는 가을이 되어 있었다

관악산 뒷길을 걷노라니
수런거리는 소리가 들린다
바쁘게 손을 씻는
물소리가 들리고
어디론가 떠나려는
옷 갈아입는
붉은 입김이 스산하다

해마다 때가 되면
이렇듯 마음 흔들어 놓고
바쁘게 자리를 털며
돌아서는
가을아

수 없이 너를 보면서
핑그르르 허공을 휘젓는 낙엽에도
가슴은 젖어들고
보낼 사람이 없는데도
손 흔들어 아파하며

맨몸으로 타오르는
갈잎 노래에 숨죽이곤 했다

어느 사이
칠십여 년 살다 보니
나는 내가 아님을 알았다
바람이 땅끝을 흔드는
서늘한 풀밭 어귀에서
수 없이 작별하는 가운데 문득
나도 가을이 되어 있었다

그래서 붉은 나뭇잎에 묻어
뿌연 시야에 돌아앉아
덧없는 그리움 접어
그냥 나뭇잎이 되었다

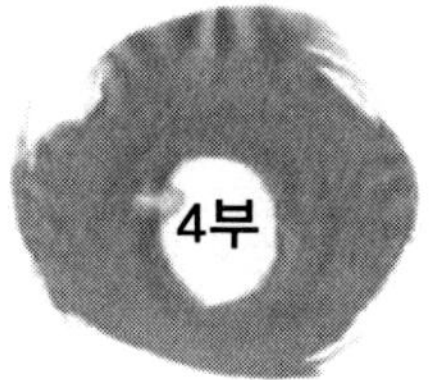
4부

뒷모습

억새꽃이 연신 손을 흔들어
웃고 있다
나뭇잎은 물기를 털며
뚝뚝 떨어지고
풀잎은 고개를 숙이며
조용히 숨을 고른다
구름은 푸른 하늘을 헤집어
그림처럼 둥둥 몰려가고
새들은 쓸쓸히 날갯짓을 한다

모두 어디론가 길을 떠난다

산허리는 붉게 타오르고
먼 들녘은 눈이 부시도록
누렇게 출렁인다
선홍빛 감 알은 윤기로 촉촉하고
마을 어귀로 흘러가는 물소리는
더욱 청정하다

돌아서는 뒷모습이 무척 아름답다

길은 어디에도 있다

그 사람이 떠나던 날
나는 푸른 파도가 넘실거리는
죽변항 저문 갯가를 걷고 있었다

지난해가, 금빛 햇살을 감고
방배동 골목길을 돌아가는 그의 손에는
오래도록 가슴을 앓아 온
눈물 같은 원고가 쥐여 있었고

아무리 눈을 크게 뜨고 귀를 열어도
길이 보이지 않는다며
지친 눈으로 내밀었던 시편이었다

사랑하고 아름다운 건 가슴의 뜻이지
활자 속에 있는 건 아닐 텐데
왜 그토록 어렵게 아파했을까

이승에서 하늘길을 열려는 그의
손끝에서 풀어진 바람 같은 언어가

먼바다 끝자락에 머물러
하늘은 붉게 물들고

길은 어디에도 있는가 보다

봉숭아

바람마저 떠난 복이네 집 문간 옆에
죽는 그날까지 온몸을 비틀며
뜨겁게 달아오른 햇살을 품고
꽃을 피우더니 드디어
다닥다닥 붙은 노오란 씨방이
하늘을 열고자 숨을 고른다

눈을 감고 무릎을 꿇어도
다가설 수 없는 생의 눈부심이여

아픔은 여기서 끝이 아니었다
씨방에서 풀려난 눈물방울은
세상과 손닿지 않는
깊은 어둠에 갇혀
허구한 날 제 몸을 찢어
내일의 지층을 뚫어야 했다

생명은 그렇게 끝과 끝을 넘나드는
서러운 아픔의 현신이던가

벚꽃

아무리 속 끓여도
풀리지 않는
옷고름

그립다 손을 뻗은
사월
붉은 햇살에

살여울 긴 언덕
부끄럽게 훌훌 벗은
눈부신 웃음이여

꽃밭

오월 꽃밭에 꽃이 한창이다
행복한 말씀을 줄줄이 쏟아내며
함께 웃자고 한다

몰래 숨긴 가시는 보이지 않는다
교밀하게 정제된 마법 같은 것
우리 꿈을 진리로부터 떨어지게 하는
동토의 꽃이 손을 잡자고 한다

백로가 한 발을 들고 먼 산을 보다
불시에 피라미를 낚아채듯
죽음까지 따라붙어 영혼을 입질하는
가시 돋친 음모는 밟아버려라

밟아서 하늘을 열고
푸른 종소리 빛 뿌린 동산에
우리의 꽃을 심어 황홀케 하는
우리의 당신을 만나야 한다

민들레

바람에 매달려 떠돌다

어느 고운 신부의

치맛자락에 묻어

은빛 봄날, 이렇듯

아지랑이를 타고 깨어난

천사의 웃음이여

구룡산 이팝꽃

구룡산 뒷자락 다락밭 둑길에
눈 가리고 몰래 핀 하얀 천사
한때 소회를 털어놓던
산마을 사람들은 어디론가 떠나고
기다리다 지친 창백한 잎새 사이
드디어 꽃망울을 터트리니
사월 농염한 바람이 뜨겁게 안긴다

더는 가슴을 울리지 마라
태초부터 짜여진 너의 밀실에
해마다 그렇게 눈짓을 하며
은밀히 정액을 뿌려놓고
아닌 듯 돌아앉아 소복으로 떨고 있는
그늘 속 본심을 이제야 알겠다

풍경처럼 스치는 먼 그림자
꿈속에만 어른거려 가슴 쓸어내린
너와 나의 원죄를 어이하리
견딜 수 없이 구겨진 가슴

입이 있어도 말하지 못하고
바람에 실리어 하늘에 목을 맨
풀리지 않는 마음속 나의 꽃이여

개나리

골목길 담벼락에
노랗게 뜬 가난이
줄지어 서 있다

입 하나 덜려
부잣집 후처로 떠나던 날
누님의 이마엔
하늘 찢는 비가 내렸고
말린 콩잎으로
목구멍을 채우던
저녁나절엔
꽃 대신 허기를 따 먹었다

작약꽃

몇 해 전
비워 둔 고향 집 뒤뜰을 거닐다
어디선가 들려오는 부엉이 소리에
푸른 하늘이 조금씩 조금씩 뜯겨
가슴 속 무늬로 짜여진
그대 발자국에
포기 포기 심은 작약이
무더기로 피었다

차마 눈을 뜰 수가 없다

꽃들의 반란이다
오랜 세월 덮어 둔 완강했던 집착을
한꺼번에 쏟아놓으며
아직 아물지 않는 가슴에
칼자국을 내고는 돌아설 것 같아
오늘은, 오늘만은
꽃이여 너도 눈을 감으라 했다

시를 쓴다는 게

늦은 밤을 붙잡고
시를 쓴다

공허한 울타리를 넘나들며
훔친 언어를 늘어놓고
어둠의 빛이라 현혹했으니
이 죄 어찌하랴

거울도 볼 줄 모르면서
남의 가슴을 울리려 했으니
자꾸만 하늘이 멀어 보인다

겨울 들녘에서

바람이 모든 걸 훑어갔다

끌려간 생명의 푸른 숨소리

땅속 깊이에서 누군가를 부른다

살아오면서 언제나 가슴이 뜯겨도

들녘은, 들녘은

집 떠난 아이를 기다리며

언 손으로 길을 여는

영원의 목소리

어머니

가을 변주

새 한 마리
하늘로 치솟아
바쁘게 날개를 턴다

무수히 쏟아진 붉은 비늘은
나뭇가지에 매달려
황홀한 충격으로
산의 숨결이 떨린다

이미 음모는 시작되었다
어디로 떠나려는 것일까

젊은 날
찬란했던 풍경이
이만큼 세월이 흐른 후
단단히 굳어 있는 것을

막연하게 움켜쥔 새의 울음이
높은 가지에 메아리로 걸려있다

겨울밤

하늘과 땅 사이 뭔가 잃어버린
먼 허공이 있다

사람도 풀 포기도 아닌
머리 없는 짐승으로 기어 다닌다

하나 둘 셋 넷
기역 니은 디귿 리을

그래도 잠은 오지 않고
섣달 느린 밤은 깊어만 간다

눈 내린 아침

빈 가지 끝에
겨울이
매달려
짐승처럼
울고 있는
이른 아침

밤 새
눈이 내렸다

존재마저
삼켜버린
원초의
무덤 위로
잘게 부서진
햇살이 눈부시다

이윽고 눈을 뜨는
이승의 우수

아직
뜨이지 않는
눈시울에
가득 고이는
건널 수 없는
무변의 꿈

어느 겨울날의 묵상

한 번도 거르지 않고
기다리지 않아도 찾아드는 빈 가슴
허허로워 더 넓게 보이는 들녘과
삭은 뼈대처럼 늘어선 골목길
먼 극해를 돌아온 날갯짓에
모든 것이 부동의 원초로 굳어있다

바람은 세월을 돌에 묻지만
그냥 묻는 건 아니었다
가슴으로 볼 수 있는 눈이 있어
눈물처럼 외로운 숨겨진 씨앗 하나
그 비밀의 기적을 더듬어
남산 자락 고운 석불의 웃음으로
우리 생명으로 돌아왔으니

기다리지 않는 만남이 어디 있으리
분노로 속 끓이며 묶인 좌절
벗어날 수 없는 허물을 털고

다시 돌아올 우리의 아침에
한 번도 찾을 수 없었던 꽃을 피우고
우리가 사랑하며 노래할
우리의 봄을 맞아
꿈만 같은 햇살을 온몸으로 받으리

독도는

하늘이 열리면서
땅은 들끓었고
심장이 뛰면서
실핏줄이 뻗어
여기, 망망대해
우리들의 숨겨진 모습
섬 하나 창생 하였느니라

햇살이 어루만져
씨앗이 눈을 뜨고
때를 알아 고르게 눈비 내려
날개는 펴지고
밤마다 별빛은
뜨거운 가슴을 부비어
열매를 익히고
향기를 풀어내니
우리 마음이요 기상일지라

누가 이 땅을

네 땅이라 말하는가

독도의 뼈대와 살결
독도의 심장과 허파
독도의 눈과 귀
독도는 그냥 섬이 아니다

진실을 떠받들며
정의를 존중하고
사랑과 평화가 넘실대며
생명을 경배하고

인간을 거룩하게 숭앙하는
이 땅 억만년을 이어 갈
우리의 육신이요 영혼이어라

어느 어두운 날
몰래 남의 땅을 짓밟아

화염으로 휩쓸고 간
더러운 발자국은
이제 어디에도 남길 곳이 없다

하늘이 퍼렇게 눈을 뜨고
산하가 힘줄을 뻗어나간 그때부터
동해의 맑은 진주로 반짝이는 섬
우리 영혼이 찢기지 않는 한
너는 영원한 나의 생명
우리의 독도이니라

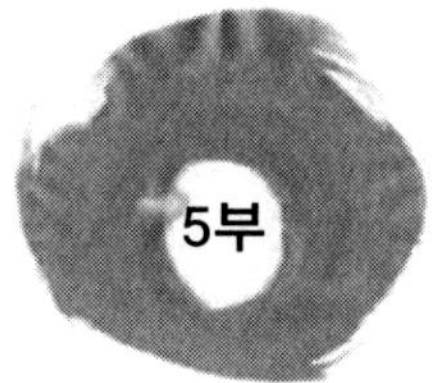
5부

그 바닷가

바다는 끊임없이 뭍으로 기어오르려 발버둥 친다. 멀리 나뭇잎처럼 떠 있던 통통배는 바다가 품었다. 바람처럼 스치고 흔적 없이 사라진 마지막 미사에 햇살이 가득 쏟아진다.

봄빛이 내려앉으면 나뭇가지에 새움이 트는 진실을 알고 있지만 무슨 내밀한 음모가 있었기에 성난 깃발을 펄럭이며 불길을 댕겼는지, 휘장에 가린 지배욕망이 모든 것을 삼키고 영혼에 못질한다고 어둠이 하늘이 되겠는가

메마른 가슴에 불씨가 있어 잠시 푸른 하늘로 나는 꿈을 꾸며 두 손 번쩍 쳐들다 여지없이 널브러진 피다 만 꽃잎. 꽃잎은 떨어져도 살아있는 자들의 입을 열게 하고 종소리는 바다를 흔들어 하늘로 이어졌다.

먼 수평선 끝자락에 어둠이 내려앉고 새들은 날개를 털며 어디론가 떠나고 있다. 깊은 밤바다는 또 무슨 꿈을 꿀까. 세상에 버려진 생명을 품어 또 다른 생명으로 환생시키는 바다, 그 바다에 3월의 노래가 퍼진다

그날처럼 보이는 게 없다

한낮인데도 어둠이 꾸역꾸역 밀려든다

뭔가 발자국을 남긴 것 같은데
바람이 흩어버렸다

눈을 뜨고도 보이지 않는 먼 지평 끝
할아버지의 허기진 갈비뼈가
삭정처럼 꺾여 젊은 날이 울어대는
아주 좁은 길, 여전히 불길은 타오른다

화염 속의 흐느낌, 누구의 울음일까
울다 눈물이 말라 눈알이 빠져버린 촉루
횅한 구멍으로 또 사람이 걸어나온다

머리 없는 형체로 손뼉을 치며
알 수 없는 손짓으로 수선을 피우더니 이내
말씀 속 그림자로 가라앉는다

도저히 풀릴 것 같지 않는 인생

그 머물 수 없는 길바닥에
꽃은 뚝뚝 떨어지고

어둠이 밀려난 한낮은 여전히
그날처럼 보이는 게 없다

하늘 구멍

하늘에 커다란 구멍이 뚫리었다
가슴 속 새파란 눈빛, 잘 다듬은 권위로
어느 말 많은 사람이 뚫어놓은 구멍이다
아버지는 나비처럼 날아 그 구멍으로
자취를 감추었고
공혈에서 일어선 바람은 하루에도 몇 번씩
등줄기 어디쯤엔가 울림이 되어
눈에 닿는 사람을 흔들었다

구멍에는 빛이 없다
낡은 터널처럼 끝이 보이지 않는다
텃밭 가장자리 늙은 대추나무가
흔들리지 않는 속울음으로
모질게 뿌리를 잡고 있지만
끝내 주저앉은 것처럼
나는 내 안에 풀리지 않는 근심으로
허구한 날 돌아앉아 몸을 비틀어도
더욱 선명히 가까워지는
상처 깊은 하늘 구멍

내 안의 눈물 같은

가을을 거둬간 바람이
들녘을 울린다
칼날처럼 날이 선 바람이다
뼛속 물기까지 쥐어짠 포도나무,
철선으로 얽어맨 앙상한 가지마다
현악이 뜯어지듯 흐느낌을 듣는다
슬픔은 갑자기 티끌을 긁어모아
어지럽게 회선하는 용숫바람으로
빠르게 앞산 능선을 기어오른다
산을 넘어 곧장 달려가면
바람은 바다와 만날 것이다
밤마다 별빛이 내리박혀 금박으로 반짝이는
내 안의 눈물 같은 곳
넓은 것 같으면서도 하나이고
하난 것 같으면서 모여있고
출렁이면서도 흩어지지 않는 가슴은
용숫바람도 어쩌지 못에 길게 누울 것이다

까치집

까치 두 마리가 아파트 옥상 난간에 앉아 세상살이가 난감한 듯 구슬프게 울더니 드디어 전봇대 꼭대기에 터를 잡아 집을 짓기 시작했다. 제 집을 갖겠다는 흥분 때문인지 부지런히 삭정을 물어 나르고, 그것도 부족하여 토막 난 철사까지 구해서는 얼기설기 짜맞춘다. 철사가 햇빛을 받아 반짝거려 강 언덕 미루나무에서 본 건축과는 분위기가 다르다.

까치는 다행이라는 듯 울음마저 삼키며 지친 몸으로 들어앉긴 했으나 꿈을 꿀 수 없어서인지 연신 고개를 갸웃거린다.

아예 밤이 없는 세상이란 걸 몰랐던 모양이다. 관절마다 녹아내리는 망치 소리가 낮처럼 쩌렁쩌렁 울리고, 전쟁처럼 사람들은 스스로 주리를 틀고 있었다. 까치는 한 번도 내뱉은 적이 없는 심한 욕지거리를 퍼부었으나 화살은 양심을 뚫지 못하고 붉은 독물을 자꾸 안으로만 고였다.

결국 만성우울증을 참지 못해 반쯤 꺾인 날개를 퍼덕이며 잃어버린 길을 더듬게 된다. 고향 가는 길은 이미 철벽처럼 막히었고 대신, 어느 야산 길게 늘어선 굴참나무 가지에 슬그머니 앉아본다. 옛날 같지가 않다. 새카맣게 말라비틀어진 속살에다 밤낮 뒤집어쓴 불빛으로 하얗게 바랜 날개,

이상한 몰골이 투영된다.
　녹슨 쇳소리는 여전히 그림자처럼 따라다니며 귓전을 울리고, 나뭇잎은 제 몸의 오탁에 밀려 멀리 달아나 있었다. 전봇대와 굴참나무 꼭대기가 분별 되지 않는 끊어진 길 위에 해는 지고, 해를 닮은 불빛이 매스껍게 여울진다.
　내 안의 점들이 멀리 떠나가는 뱃소리가 들린다.

공사장 식당 풍경

공사장에 비가 내린다
간이식당 문전에 쪼그리고 앉은
여인의 눈동자는 어둠에 갇혀있다
더는 추락할 수 없는 함몰의 아침이다

지루한 장마는 걷힐 기미가 없고
빗줄기는 더욱 세차다
건성건성 짜맞춘 가건물 혈관이 터져
방울방울 튕기는 양은그릇 소리가
집 나간 사내의 주정처럼 지루하다

여인은 앉은 자세를 바꾸어
슬그머니 무릎 사이로 머리를 박는다
곧 들이닥칠 빚쟁이가 두렵고
양은그릇 빗물만큼 빈 속으로 허기가 채워진다

빌어먹을 놈
그 돈만 훔쳐가지 않았으면
빗살처럼 꺾여지는 빗줄기에

온몸은 흠뻑 젖어들고
깨어있으면서도 깊이 가라앉는
얼룩진 가슴을 못질하는데
개 한 마리 근심스럽게 옆을 지킨다

기다려도 더는 해가 뜰 것 같지 않나 보다

벚꽃 길에서

무척 나이가 들어 보인다. 반쯤 굳은 심장이 아픈 게 아니라 두 팔을 벌리고 마디마디 망울을 터트리며 웃어야 하는 게 고달프다. 지난겨울 눈보라가 비틀어 놓은 살갗 틈이 더 벌어졌고, 세월이 쌓인 만큼 짓무른 상처 딱지는 더 부풀어 보인다.

잔뜩 햇살을 머금은 바람이 꽃가지를 흔들어 사람을 불러 모은다. 모두 꽃을 보며 감응할 뿐 상처에는 관심이 없다.

제 뜻이 아니면서도 제 살을 깎아 먹은 아득한 길 위에 순간순간 끊어졌다 이어지는 혼미, 하늘이 차츰 가까워진다.

꽃잎은 하늘하늘 허공을 유영하고, 어머니는 그렇게 흩날리다 무릎이 꺾이었다. 언제 뿌리를 움켜쥔 손이 풀리어 어둠을 걷어내려나.

뒷길에는 점선처럼 또 무언가 다가오고 있다.

봄을 기다리며

숨이 멎을 듯 허허로운 용주골 들녘
지난밤부터 하아얀 눈이 내려꽂히며
닫힌 가슴에 못질한다
못 끝이 부실한지 무덤은 뚫리지 않고
들리지 않는 울림만이 허공을 흘러
발길 닿는 곳마다 물보라를 이룬다
오랜만에 만나는 친구 내외가
마른 나뭇가진 듯 수척한 얼굴로
문밖까지 나와 기다리고
그들 등 뒤 문짝에 새로 써 붙인
입춘대길이란 춘신이
무척 목말라 보인다
걷고 걸어도 이방의 석양만 밟은
치유되지 않는 상처, 아린 가슴에
불을 뿜는 뜨거운 목소리는 없고
잠시 고개를 떨군 머리 위로
뚫리지 않는 계절이 내리꽂힌다

신발 닦는 청년

큰길 건널목 외진 자리
한 평 남짓한 은신처에
달팽이처럼 들어앉아
종일 세상을 닦아 별을 만드는
아프리카 청년
아침잠이 덜 깬 부스스한 얼굴은
분명 오래전 할배의 핏줄이
시간이 흐를수록, 한 번도 밟은 적이 없는
먼 적도의 고원지대를 흐느적거린
열사의 검은 탈로 일그러졌다
종일 햇볕은 붉게 타오르고
모래바람은 폐부 깊숙이 찔리어
뿌리까지 비틀려 버린 매운 슬픔
아무리 시야를 넓혀도
아무리 머리를 짜 생각해도
콜럼버스의 뱃전에 묻은
이방의 지문 같은 얼굴없는 아픔이
종일 잃어버린 것을 닦는다
언제나처럼 그는 딱딱한 나무의자에 앉아

힐끔힐끔 쪽문 밖을 내다본다
땀을 흘릴수록 흑요석으로 굳어지는,
버릇처럼 미소 짓는 입속으로
하얀 이빨이 더욱 아파 보인다
무엇을 말하려는 것일까
그날부터 압류된 익숙한 거리에
아프리카의 검은 바람을 마시며
처음부터 잃어버린 고향
고독한 꽃 얘기를 하려 하는가

타인의 옷

누가 내 옷을 입고 숨어버렸다
차마 발가벗은 몸으로 나다닐 수 없어
노점상 좌판에 종일 흔들리며
세상 말씀이 짓이겨진
어지러운 옷을 훔쳐 입고 낯선 길을 걷는다
삐걱대는 남의 길은 언제나 안개가 자욱했다
태어날 땐 분명 내 옷이 있었는데
입을 때마다 하나씩 실밥이 터지고
구멍이 숭숭 뚫린 가슴
헐거운 남의 옷에서 풍기는 어색함은
비 오는 날, 둠벙으로 흘러든
여러 갈래 빗물이
나갈 길을 찾지 못해 빙빙 맴돌다
무작정 제 길인 양 넘쳐흐르듯
불법으로 이양된 남의 옷에는
궤도가 없었다
간혹 짐승이 나다닌 으슴프레한 미로처럼
직선도 곡선도 없고
평지도 험지도 구분이 없었다

꿈을 꾸어야 할 미래도
살아야 할 이유도 분명찮은
잘못 챙겨입은 망각은
내 옷이 있었다는 사실마저 까맣게 잊고
그냥 허청이며 걷는다

담쟁이

담장에 붙어 마디마디 뿌리 내려
목 놓아 길을 터는
가난한 생명
그는 묶인 자
처음부터 집이 없었다
날마다 남의 땅을 밟으며
끊임없이 헛손짓을 하는 고독한 영혼
어느 그늘 짙은 나무 아래 허기를 풀어놓고
잔뿌리 하나 박으며 북메끈을 죄고
빈 헛간 찾아서는 쉰내 맡으며
또 하나 잔뿌리 내리고
춤사위 고르며 목청을 가다듬는 꿈
산이 쩌렁쩌렁 울리도록
메아리가 부딪쳐 쉬어온 곳
그 마을 찾아 또 담을 넘는 꿈
긴 가뭄 모질게 허물을 벗기고
물기 없는 담벼락엔 틈새가 없어
헐렁하게 의지한 목숨
녹이 슬어 절뚝인다

그래도 살아야지
핏줄이 굳어 붉은 손 흔들며 오늘도
담장 밖 세상을 손짓하는
그는 묶인 자
목을 빼 그리움에 목마른 사람, 사람들

산마을에 아침이 열리다

산마을 아침은 늦게 깃든다
살면서 쌓인 응어리처럼
무겁게 버티고 선 산자락
햇살이 가파른 비탈을 타고
마을에 이르려면 아직 멀었다

나직하게 가라앉은 집들은
풀리지 않는 회색 공간에 죽은 듯 졸고
골목길엔 바람 한점 없다
도저히 일어설 것 같지 않은, 가물거리는
겨울밤의 꿈이야기 같다

몽환의 침묵이 가슴을 긁어대는 상처
밤잠마저 못질 당한 채, 나는
동구 앞 바윗돌에 걸터앉아
내 안의 근심을 걷어차듯
다리를 흔들며 어둠을 쫓는다

산새가 나뭇가지를 흔들어 늦은 아침을 연다

푸성귀 한웅큼을 쥔 노인이
어정어정 골목을 깨우지만
어느 것 하나 일어설 기미가 없다

눈을 감고 말소리를 더듬는다
선한 미소가 들꽃처럼 선명하더니 그만
강물로 떠내려간다
한낮인데도 마을은 미로처럼 막막하다.

목각인형

선반 위에 올려놓은
검은 질감의 목각인형
기니만의 광활한 초원을 달리고, 때로는
사막의 모래바람을 뒤집어쓰며
거친 들짐승과 숨바꼭질한
짜릿한 원초의 핏줄이
길게 목을 빼 앉아있다

깜깜한 분노
유령 같은 하얀 손에 이끌려
똥물까지 짜내는 토악질을 하며
아득한 바닷길을 돌고 돌아
스페인의 주먹에 얼굴이 찌그러지고
유럽의 발길질에 허리가 휘고
신대륙의 채찍에 온몸이 찢어지며
붉은 피를 강물처럼 쏟아도
그들은 검은 피라 했다

눈이 멀고 귀가 먹고 말문이 닫힌

뼈아픈 과거를 문신으로 새기고
숨이 멎으면서도 꿇어앉은 모습
코크나르 골목길 가난한 상점에
유령처럼 진열되었을 때
인간은 언제나 노예라는 생각에
처연한 동행으로 내 이웃이 되었다
나도 어쩔 수 없는 노예이기에

우물 속에서 울리는 소리

윗마을로 가는 길목에
속 깊은 샘 하나 있다
가만히 고개를 디밀어 귀 기울이면
끊임없이 웅성대는 말소리가 들린다
오래도록 갇힌 소리였다
세월이 쌓인 만큼 푸른 깊이
말 못할 비밀을 감춘 것처럼
뚱뚱하게 살이 찐 언어가
어둠을 걸어나온다
사람 사는 길은 하나인데
신발의 명암이 달라
거친 길과 평탄한 길에서
떠올리고 싶지 않은 아픔과
눈을 감아도 다가서는 만족감 같은 게
서로 어깨를 밀치며
실타래처럼 꼬이고 뒤엉킨다
어느 것 하나 피할 수 없는 캄캄한 벽
살 냄새가 풍긴다
돌아서려니 가슴이 부셔

아- 하고 크게 소리를 질러본다
무수히 엎질러진 아득한 얘기들이
한꺼번에 매달린다
그것은 잘게 부서진 내 안의
작은 뼛조각이었다.

나뭇잎은 그 길을 알아

산자락은 온통 붉은빛이다. 가슴이 뒤집히도록 황홀하다. 찬 기운이 몰려오면 잎새는 우수수 떨어지고 마른 가지는 부들부들 떨면서 겨울을 아파할 텐데 어쩜 저리도 환한 모습일까.

세상에 제멋대로 가는 게 어디 있으랴. 시간에 당겨 해는 서산에 기울고 구름은 바람에 내몰려 한쪽으로 밀리듯 나뭇잎은 그 길을 알아 기쁘게 웃는 것일까.

사람은 그 길을 모른다. 삶에 밀리고 시간에 쫓기면서도 외길이라 생각하지 않는다. 머릿속엔 언제나 높고 거룩하고 명예롭고 풍족하고 영원한 제 길이 따로 있어 스스로 가고 있다고 생각한다.

그러던 어느 날 어둠 속에 해가 떨어지듯 천길 벼랑으로 떨어지면서 숨이 가쁠 때 비로소 진실을 느끼지만, 가을 산의 황홀한 웃음을 준비하지 못한 회한이 가슴을 뜯지만, 이미 때는 늦었다. 그래서 산자락의 붉은 잎새는 하늘과 땅을 소통하는 침묵의 경전이요 사람은 시체를 끌고 다니는 역설과 모순이 화신일 뿐이다.

삶의 명상과 정신적 깊이

허형만(시인, 목포대 교수)

안재진 시인의 시는 작품의 주체인 '나'에 대한 자아 인식이 삶의 명상을 통해 드러나는 특징을 보여준다. 작품의 주체란 얀 무카로브스키의 지적대로 발화인 문학작품을 전개시키고 또 작품에 담겨져 있는 모든 감정과 사상을 가장 본질적으로 전달해주는 것으로 지각되는 '나'다. 따라서 안재진 시인의 이러한 시적 특징은 "어느 사이 / 칠십여 년 살다 보니 / 나는 내가 아님을 알았다 / 바람이 땅끝을 흔드는 / 서늘한 풀밭 어귀에서 / 수 없이 작별하는 가운데 / 나도 가을이 되어 있었다"(「나도 가을이 되어 있었다」)고 고백할 만큼 세계와 현실에 대한 태도나 감정의 표현, 나아가 시의 정신적 깊이까지도 남다른 데가 있어 보이는 것 같다.

봄날
푸른 하늘로 깨어나
늦가을
검은 사막으로 무너지는

풀 포기처럼

살과 뼈가 허물어지고
영혼마저 털리어
작은 흔적조차 지워질
막막한 깊이를 걸어가는
우주의 유랑

잠시 허리를 펴
초록이 녹아있는 풀밭에
순간순간 잃어버린 기억을
일으켜 세우려 해도
늘 할 말은 잊어버리고

언제나 닫혀있는 꿈
달을 따라 눈을 비벼도
눈물로 고여있는
알 수 없는 허공의 비밀에
차라리 눈을 감는다

-「산다는 건」 전문

시인은 "막막한 깊이를 걸어가는 / 우주의 유랑"과 같은 자신의
존재, 자신의 삶에 대해 명상한다. 이 '우주의 유랑'은 "살과 뼈가
허물어지고 / 영혼마저 털리어 / 작은 흔적조차 지워질" 그러한 힘
든 삶에 대한 고뇌와 함께하고 있다. 시인의 삶에 대한 생각은 곤혹

그 자체이다. 그러기에 "언제나 닫혀있는 꿈"이 못내 안쓰럽다. 시인은 시집 맨 앞의 <자서>에서도 "그놈의 허상에서 헤어나지 못하고 이렇듯 또 한 번 나를 속이며 부끄럽게 책으로 엮는다."고 시집 출간의 심경을 토로한다. 결국, 시인의 삶에 대한 생각은 "알 수 없는 허공의 비밀"에 갇혀 있는 것으로 보인다. 그 이유는 뭘까? 시인은 "어느 사이 / 칠십여 년 살다 보니 / 나는 내가 아님을 알았다"(「나는 가을이 되어 있었다」)거나 "나이 찰 만큼 되고 보니 / 길이 없어 보인다"(「가장 낮은 곳으로」)는 자아 성찰로 그 해답이 풀릴 수 있을까? 핵심은 나이에 있을 터인데, 시인은 칠십 여년, 찰만큼 된 나이를 상당히 의식하고 있는 것으로 보아 자신의 삶에 상당한 회한이 녹아들어 있음을 암시하고 있다는 점에 유의하면 해답이 풀릴 것 같다. 그리해야 다음과 같은 시를 만날 수 있으리라.

　　　살면서 허기를 느낄 때
　　　가끔 산이 되고 싶어
　　　내 작은 방에
　　　산 하나 들여 놓는다

　　　비가 와도 넘치지 않고
　　　바람이 불어도 흔들리지 않는
　　　영원의 끝자락에서 전해오는 체온

　　　그 숨결이
　　　질기게 부여잡는 세상

육신의 허물을
먼 시공 밖으로 몰아내고
부끄럼 없는 하늘을 열어

골짜기마다, 산자락마다
죽어간 모든 것들을 일으켜 세워
세상 밖 고운 집을 짓는
허망한 꿈을 엮는다

-「방 안에 산 하나 들여놓고」 전문

이 시를 읽으며 "길이 없어 보인다"던 시인의 삶의 '길'과 연관
해서 J.-P. 리샤르가 랭보의 시를 분석한 글이 떠올랐다. 그 글은 이
렇다. "인간이 왕래할 수 없는 풍경이란 없다. 사물들을 인간화하
는 것, 그것은 먼저 사물들을 방문하고 사물들 사이에 교류의 길들
을 추구하게 하는 것이다. 길은 가장 활발한 몽상들 사이로 곧은 선
을 뻗게 한다. 길은 표류의 한가운데서 부동의 방향의 흔적을 자리
잡게 한다."

그렇다. 시인에게 "길이 없어 보"이는 게 아니라 칠십 평생을 살
아오면서 오히려 더 잘 보인다는 점을 강조하고 있는지도 모른다.
시인은 사실 길에 대한 마음의 눈이 매우 밝다. "세상이 제멋대로
가는 게 어디 있으랴. 시간에 당겨 해는 서산에 기울고 구름은 바람
에 내몰려 한쪽으로 밀리듯 나뭇잎은 그 길을 알아 기쁘게 웃는"(「
나뭇잎은 그 길을 알아」)다고 말할 정도로 말이다. 그러나 곧 이어
서 "사람은 그 길을 모른다. 삶에 밀리고 시간에 쫓기면서도 외길

이라 생각하지 않는다. 머릿속엔 언제나 높고 거룩하고 명예롭고 풍족하고 영원한 제 길이 따로 있어 스스로 가고 있다고 생각한다.”(「나뭇잎은 그 길을 알아」)고

그래서 시인은 말한다. “가끔 산이 되고 싶어 / 내 작은 방에 / 산 하나 들여 놓는다”고 단, “살면서 허기를 느낄 때”라는 단서가 붙어 있다. 그래놓고 보면 “산”은 “허기”를 채우는 영혼의 숭엄한 대상이다. 산이 암시하는 상징성은 구약성서로부터 오늘에 이르기까지 참으로 다양하다. 그 다양성은 물론 높이와 수직성과 질량과 형태 등이 환기하는 구성 요소 때문이다. 시인은 산 하나 방 안에 들여 놓고 “골짜기마다, 산자락마다 / 죽어간 모든 것들을 일으켜 세워 / 세상 밖 고운 집을 짓”고자 염원한다. 그 염원이 비록 “허망한 꿈”일지라도 말이다.

우리가 이 시에 주목하는 이유가 바로 여기에 있다. 방 안에 들여놓은 산이 단순한 상징성을 갖고 있지 않다는 점에서, 그리고 “육신의 허물을 / 먼 시공 밖으로 몰아내고 / 부끄럼 없는 하늘을 열”고자 한다는 점에서, 특히 시인의 정신적 사유가 얼마나 맑고 고고한가를 꿰뚫어 볼 수 있다는 점에서 「방 안에 산 하나 들여놓고」는 시인의 명상, 정신적 고양을 대변함이 분명하다. 「나뭇잎은 그 길을 알아」에서 나뭇잎은 아는데 사람만이 모르는 그 길에 대해 시인은 사실 “언제나 높고 거룩하고 명예롭고 풍족하고 영원한 제 길”을 방 안에 들여놓은 산을 통해 스스로를 비추고 있는 셈이다. 그리하여 이 ‘산’은 ‘거울’로 대체되기도 한다.

거울을 보면
내 얼굴은
내 얼굴이 아니다

풋감이 여름을 거치면서
누런 감으로 변신하듯
항상 옮겨 다니며
제멋대로 발광하는
카멜레온의 얼굴이었다

거울을 보노라면
보이는 것만 보일 뿐
마음은 볼 수 없었다

씨앗에서 열매에 이르는 길
벗어날 수 없는 금단의 율법 앞에
내 길은 따로 있듯 요망한 길을 열어놓고
고개 숙이며 조롱했던
두 마음의 탈이 보인다

-「거울을 보노라면」 전문

거울을 보면서 자신의 얼굴을 자신의 얼굴이 아니라는 자아인식
은 시인에게 있어서 성찰의 마지막 단계인지 모른다. 풋감의 여름
을 거쳐 누런 감의 가을이라는 계절에 다다른 시인의 자아인식이
얼마나 청교도적인 순수성을 기리고 있는지 잘 드러나기 때문이

다. 계절의 이미지와 나이 듦의 세월이라는 이미지는 다르지 않음을 이 시는 말해주고 있다. "씨앗에서 열매에 이르는" 우주 자연의 길, 또는 우주 자연의 순리와 법칙에 순응하지 않고 "내 길은 따로 있"다고 믿었던 젊은 날의 길이 이제 와 "거울을 보노라면 / 보이는 것만 보일뿐 / 마음은 볼 수 없었다"고 말할 수 있는 것은 한 세상 살면서 마지막 깨닫게 된 명상, 또는 성찰의 결과이다. 그뿐이 아니다. 시인이 늦은 밤 시를 쓰면서 "거울도 볼 줄 모르면서 / 남의 가슴을 울리려 했"(「시를 쓴다는 게」)던 자신에 대해서도 이러한 시적 자아는 동일하게 나타난다.

이처럼 거울은 시인에게 있어서 '영혼'을 나타내는 별도의 이름에 다름 아니다. 위의 시 「거울을 보노라면」이나 「시를 쓴다는 게」에 나타난 '거울'은 시인 자신에 대해 역설적이고도 아마도 괴로움을 표상하는 또 다른 존재, 비춰진 대상에 의해 얻어진 깨달음을 역설적으로 말하고자 함이 분명하다는 사실에 도달한다. 결국, 거울을 통해 자신을 찾아가고자 하는 시인의 지난한 몸부림은 우리가 익히 알고 있는 문학에서의 거울의 사용, 즉 선과 악의 형이상학적 대치와 맞물려 있다는 점을 떠올리게 하며, 동시에 '거울'과 '길'의 이미지가 다르지 않다는 사실도 발견하게 된다. 그러기에 다음과 같은 시가 태어났는지 모를 일이 아닌가.

날개 없이 태어난
새의 아픔은
아무도 모른다

철새도 텃새도 아닌 게
마른 길섶에 떨어져
고개 돌릴 자리는 처음부터 없었고
아무리 발버둥쳐도
어느 한 곳 물러 설 곳 없는
배반의 땅

세상 밖 몰린 자 어디
너 하나뿐이랴
사시사철 삼백예순 날
뜨고 지는 햇살에도
존재가 무너지는
칼날이 있었고
길 없이 불어오는 바람에도
천 년을 울어 풀지 못할
원혼의 업연이 있으니
빈 가슴 뒤집어
빛이 빛이 되고
물길이 물길로 이어지듯
아무도 소유할 수 없는
푸른 하늘에
내 길 하나 터놓고
꽃나무 가득 심었으면

-「내 길 하나 열었으면」 전문

앞에서도 시인의 '길'에 대한 인식을 잠깐 언급한 바 있다. 그러나 이 시에 오면 시인의 '길'에 대한 명상과 이미지가 매우 구체적으로 드러난다. 물론 이 시 외에도 「길이 없어도 별은 빛나고」와 「길은 어디에도 있다」와 같이 '길'에 대한 명상적 이미지들이 더 있기는 하다. 「길이 없어도 별은 빛나고」에서는 하늘의 해도, 바다의 물고기도 다 제 갈 길이 있는데 시인은 "나는 어디에 있는가 / 사람과 사람 사이 / 벌거벗은 알몸들이 쏟아놓은 / 피 냄새로 맞춰놓은 / 그 길에서" 자신을 돌아보고 있음이며, 「길은 어디에도 있다」에서는 "지난해가, 금빛 햇살을 감고 / 방배동 골목길을 돌아가는 그의 손에는 / 오래도록 가슴을 앓아온 / 눈물 같은 원고가 쥐여 있었"던 이승을 떠난 "그"를 통해 자신의 길을 돌아보고 있다는 점에서 공통점이 있다. 그리고 이 시에서도 "마른 길섶에 떨어"진 "철새도 텃새도 아닌" 새를 통해 역시 '길'이 무엇인지 찾는다.

그러나 이 시에 오면 '길'에 대한 이미지가 상당히 희망적으로 나타나고 있다는 점에서 다른 '길'의 이미지 시편들과 차이점이 있어 보인다. '길'에 대해 평론가 김재홍은 『한국 현대시 詩語辭典』에서 "흔히 길은 삶의 도리, 질서, 형이상학적 원리나 법칙성 또는 道 등을 의미한다. 이러한 의미는 인생, 세계, 원초적 우주 질서 등으로 비유되어 생의 방식을 의미하기도 한다."고 보았다. 이러한 길의 의미가 안재진 시인에게 오면 통합과 융화로 드러나는데, 시인의 이 '길'에 대한 명상이 마침내 "빈 가슴 뒤집어 / 빛이 빛이 되고 / 물길이 물길로 이어지듯 / 아무도 소유할 수 없는 / 푸른 하늘에 / 내 길 하나 터놓고 / 꽃나무 가득 심었으면" 하는 소망스러움

으로 나타난다는 특징을 갖고 있다. 그러니 「방 안에 산 하나 들여
놓고」에서 마지막 행 '허망한 꿈을 엮는다'는 것은 결코 '허망한
꿈'이 아니라는 역설적 시적 효과를 노린 셈이며, 「길이 없어도 별
은 빛나고」에서 '나는 어디에 있는가'라는 자문은 자신의 위치를
잘 알고 있다는 사실을 반영한 결과일 뿐 아니라 「거울을 보노라
면」에서 '보이는 것만 보일 뿐 / 마음은 볼 수 없었다'는 고백은 결
국 거울을 통한 자아발견의 과정임을 분명하게 밝히고 있는 셈이
되었다. 그리하여 마침내 다음과 같은 시에서 시인으로서의 자신
을 찾게 된다는 사실은 우리로 하여금 숙연하게 한다.

빈 뜰에 앉아
먼 들녘을 바라보노라니
반쯤 마신 찻잔에
쪽빛 하늘이 가득 고인다

하늘과 들판은 한몸이 되고
밤에는 보이지 않던
가슴 설레는 꿈이
느릅나무 잎새로 나부낀다

길은 언제나 세상 밖으로
흐리게 이어져 있었고
멈출 수 없는 미친 그리움은
더욱 길게 목을 내밀어

막연한 발자국을 따라
어느 누구도 건너지 못하는
검은 하늘을 맴돈다

어제처럼 그 자리에 선
가슴 없는 나무
오늘은 닳아 문드러진
작은 숨소리마저 죽이며
가을이 뒤집혀 뱉어놓은
낟알을 주워
내 잊고 넘긴 새벽을 깨우니

어느 사이 바람은 멎어
사람 사는 도시의 문이 열리고
내게 울던 울음을 지우며
찻잔에 가득 넘치는
하늘을 마신다

-「하늘을 마신다」 전문

나이 칠십에 이르기까지 세상도 살만치 살면서 마치 젊은 날 윤동주 시인이 "잎새에 이는 바람에도 괴로워 했"듯 괴로워하던 시인은 마침내 "빈 뜰에 앉아 / 먼 들녘을 바라보"는 안식과 평화의 시간을 갖는다. 그리고 "하늘과 들판은 한몸이 되고 / 밤에는 보이지 않던 / 가슴 설레는 꿈이 / 느릅나무 잎새로 나부"끼는 세상에 대한 사랑을 보여준다. 이는 마치 브레히트가 그의 시 「세상의 친

절함에 대하여」에서 삶이란 차가운 바람을 맞는 것이며, 고독한 것이며, 고통스러운 경험일 뿐이라고 하면서도 같은 시에서 인간은 그 고통까지, 고통을 주는 세상까지 사랑할 수밖에 없는 존재라는 인식을 보여주는 것과 동일하다.

안재진 시인에게 있어 삶의 길은 "언제나 세상 밖으로 / 흐리게 이어져 있었"지만, 그리고 때로는 "멈출 수 없는 미친 그리움은 / 더욱 길게 목을 내밀"었지만, 시인의 강도 높은 시정신은 이러한 모든 부정적인 것을 해체시키는 힘을 보여줌으로써 마침내 "반쯤 마신 찻잔"에 쪽빛 하늘이 가득 넘치는 희열과 생명을 느낀다는 것은 세상일에 초연함으로써 자신의 의미를 채우는 것과 다르지 않음을 강하게 보여주고 있음을 알 수 있다. 결국, 시인의 영혼의 갈망이 이처럼 차 한 잔의 여유로움 속에서 정신적 깊이로 채워질 수 있다는 것도 참 대단한 일인 것 같다.